labor
bolsillo juvenil

Cuentos

7-10 años

Ángela C. Ionescu

ARRIBA, EN EL MONTE

Ilustraciones de María Ángeles Tomás

EDITORIAL LABOR, S. A.

2.ª edición: 1985

Calabria, 235-239 - 08029 Barcelona
Cubierta: María Angeles Tomás
Depósito legal: B. 22.696 - 1985
I.S.B.N.: 84-335-8426-X
Printed in Spain - Impreso en España
Impreso en: Romanyà/Valls, Verdaguer, 1 - Capellades (Barcelona)

Arriba, en el monte, vivía el pastor con sus ovejas y sus perros. Tenía una casucha pequeña, con una sola habitación en la que dormía, comía y pasaba todo el tiempo que no estaba en la pradera o vagando entre los árboles o sobre los riscos. En las noches frías, cuando el viento soplaba sin parar, aullando salvajemente, el pastor se sentaba todo encogido delante de la chimenea y miraba el fuego hasta quedarse dormido.

Aquella noche el frío penetraba más que nunca en la casucha y el viento soplaba con una fuerza terrible:

—Uuuuu...

Cualquiera hubiera tenido miedo estando allí, en lo alto de una montaña, en medio de la noche oscurísima y con el viento aullando amenazador. Pero el pastor, bien abrigado

con su pelliza y con sus gruesas medias de lana, no sentía miedo. Miraba el fuego y cada vez que una ráfaga de viento sacudía la casa y dejaba atrás un quejido prolongado, él sonreía.

Aquella noche, mientras seguía con los ojos el bailoteo de las llamas, recordaba las fabulosas y fantásticas aventuras que había soñado de niño, cuando desde el pueblo que estaba en las faldas del monte, miraba hacia arriba y su mayor deseo era subir hasta la cumbre.

Creía entonces que allí ocurrían cosas maravillosas, cosas nunca vistas por nadie. Su madre le había comentado una vez que por las noches, allí arriba en la cumbre, había un rebaño de ovejas blanquísimas y brillantes que pastaba tranquilamente a la luz de la luna...

El viento volvió a aullar, siniestro:

—Uuuuu...

«¡Qué bonito era aquel tiempo pasado cuando yo creía todo eso! —pensó—. Pero en la cumbre no habrá más que rocas y hierbajos. Nada de rebaños maravillosos. ¡Qué pena! Todo era mucho mejor cuando yo era niño. Mi madre me hablaba de lo que pasaba allí y a mí me parecía que todo tenía que ser verdad, tal como ella lo contaba.»

El pastor suspiró. Aquella noche se sentía muy solo.

—Mañana bajaré al pueblo a ver a mi madre —se dijo—. Hace mucho que no he ido.

Al día siguiente por la mañana, dejó el rebaño con los perros y fue al pueblo. Todo el mundo le saludaba al pasar porque todos le conocían y le querían. Los viejos se acordaban de cuando él era pequeño y los niños le miraban con admiración y envidia.

—Hola, pastor, bienvenido.

—Hacía mucho que no bajabas, pastor.

—¿Qué tal las ovejas?

Él contestaba a todos; preguntaba a cada uno por su familia, por sus tierras, por sus cosechas, por sus animales.

Cuando estuvo en casa, mientras su madre le preparaba un gran tazón de leche con trozos de pan blanco, el pastor se asomó a la ventana, a la misma que tantas veces se había encaramado de pequeño, y, una vez más, miró hacia arriba. Allí, perdida entre las nubes blancas, rodeada del profundo azul del cielo, se levantaba la cumbre, como siempre. Era alta y solitaria, y aun así, vista a la fuerte luz del sol, seguía pareciendo misteriosa.

—¿Miras la cumbre? —le preguntó su madre, dejando sobre la mesa el cuenco rebosante de leche y pan.

—Sí —contestó el pastor—, y casi no puedo creer que allí no haya más que pedruscos y que en las noches de luna ninguna oveja reluciente paste en sus praderas.

Su madre le miró, sonrió, pero no dijo nada.

Estuvieron hablando mucho tiempo. El pastor, de la montaña y del rebaño. Su madre, del pueblo, de cómo seguía la gente y de las cosas nuevas que habían pasado desde que él había estado por última vez.

No volvieron a hablar de la cumbre, pero el pastor miró varias veces por la ventana.

Todavía no había comenzado a ponerse el sol cuando el pastor cogió el camino del monte, pues tenía que llegar a su casucha antes de anochecer. La gente del pueblo le decía adiós al pasar y le preguntaba si volvería pronto.

Al doblar una esquina vio a un niño subido en un árbol.

—¡Eh! —gritó el niño bajando rápidamente—. Te estoy esperando aquí desde esta mañana.

—¿Qué quieres?

—Llévame contigo al monte.

El pastor miró un rato en silencio al niño.

—Tú no podrás estar allí arriba —dijo por fin—. Hace mucho frío y por la noche el viento aúlla como un lobo y todo es solitario, no hay nadie.

—Llévame —volvió a decir el niño—; anda, llévame. Ya lo saben en mi casa y me dejan.

Y como el pastor no contestaba, añadió:

—Te estoy esperando desde esta mañana.

—Entonces, vamos.

Echaron a andar los dos, camino arriba. Al llegar recogieron las ovejas, las metieron en el aprisco y entraron en la casa. El pastor encendió el fuego mientras el niño daba vueltas mirándolo todo. Luego comieron y se sentaron los dos ante la chimenea. El viento volvía a soplar con fuerza:

—Uuuuu...

Después de algún tiempo, el niño dijo:

—Cuéntame algo.

El pastor estuvo un rato sin decir nada, mirando las llamas. Luego miró pensativo al niño, sonrió al fin y empezó:

—Allí arriba, en la cumbre de este monte, ocurre algo maravilloso. En las noches en que el cielo está despejado y hay luna, un rebaño entero de ovejas pasta tranquilamente hasta

poco antes del alba. Pastan en una pradera cubierta de hierba fresquísima y alta, que siempre está igual: nunca se seca ni se acaba y aunque la coman toda en una noche, a la siguiente ha vuelto a crecer. Las ovejas son tan blancas como no existe ninguna y su lana brilla que parece de plata. Al moverse, el tintineo de sus campanas hace una música tan alegre que dan ganas de bailar y reír.

El niño había abierto unos ojos grandísimos y escuchaba muy quieto, sin parpadear.

—¿Y el pastor? —preguntó—. ¿Qué hace el pastor?

—Ese rebaño no tiene pastor.

—¿Y perros?

—Tampoco perros. Están las ovejas solas en la pradera y ocurre algo más: toda la noche la luna está como clavada en la cumbre, sin subir, sin moverse ni a un lado ni a otro. Parece una moneda reluciente y enorme que alguien ha puesto de canto sobre la montaña. Y las ovejas pastan muy cerca de ella y nunca se alejan de su luz. Luego, cuando comienza el día, la música alegre y saltarina se va apagando y oyendo menos cada vez y las ovejas van siendo menos blancas y menos brillantes, cada vez es más difícil verlas, hasta que desaparecen, lo mismo que desaparece la luna, borrándose poco a poco.

Después de terminar el pastor su cuento, el niño estuvo en silencio, con la cabeza apoyada en las manos, mirando el fuego.

—Es muy bonito. Muy bonito —dijo por fin.

Pasaron los días. El pastor y el niño eran ya buenos amigos. Se habían acostumbrado a vivir juntos, a cuidar de las ovejas, a recogerlas todos los días al atardecer. Andaban juntos por el monte; imitaban, silbando, a los pájaros o gritaban para que el eco devolviera sus voces.

Una tarde, a la hora de recoger las ovejas, el pastor no encontró al niño. No estaba con el rebaño, ni en la casa, ni subido a ningún árbol, ni escondido tras ninguna roca. Entonces se dio cuenta de que hacía bastante rato que no le veía.

Empezó a buscarle por todas partes, gritó su nombre a los cuatro vientos todo lo fuerte que pudo, hizo sonar la campana mayor, pero nadie le contestó. El niño había desaparecido. Un frío muy grande entró en el corazón del pastor, que siguió buscando y gritando.

Ya muy tarde, entró en la casa; no había fuego aquella noche. Se sentó en la misma silla de siempre y, sin darse cuenta, las lágrimas le empezaron a caer una tras otra por las mejillas. Pensaba salir a buscar a su amigo en cuanto comenzase a clarear el día. Estuvo esperando así, sentado en la silla, triste, sin dormir, toda la noche, y con los primeros rayos de luz, salió de la casucha.

Entonces vio que por el sendero que llevaba a la cumbre bajaba corriendo el niño. Al pastor le dieron ganas de llorar y de reír al mismo tiempo.

—¡Te voy a pegar! —gritó—. ¡Te voy a pegar una paliza! ¡He estado toda la noche asustado!

Pero cuando el niño estuvo algo más cerca, gritó a su vez:

—¡He visto las ovejas! ¡Arriba, en la cumbre! ¡Las he visto!

Corrió aún más y al llegar a su lado, dijo:

—Toda la noche han estado allí las ovejas; parecen hechas de luz. Todo es como tú me habías contado, todo igual. ¡Nunca creí que iba a ver algo tan maravilloso!

El pastor no podía hablar. Hubiera dicho muchas cosas, pero no tenía palabras.

—No lo olvidaré nunca, nunca en toda mi vida —seguía diciendo el niño—. ¿Sabes? Pensé que si tú las habías visto, yo también podría verlas. Por eso he ido.

—Yo no las he visto —habló el pastor por fin.

—¿No las has visto?

—No. Me lo contó mi madre.

—¿Te gustaría verlas?

—Es lo que más me gustaría en el mundo.

—Bueno —dijo el niño—; yo te las enseñaré. Iremos esta noche.

Y sí; aquella noche, el niño y el pastor cogieron el camino de la cumbre. El niño iba saltando, contento, de piedra en piedra. El pastor iba cantando una canción muy vieja que le había oído cantar siempre a su madre.

EL SECRETO DEL GRAN ELEFANTE

De todos los animales del parque zoológico, el mejor amigo de la niña era el elefante. No es que ella no quisiera también a los otros animales; quería al gran oso pardo, con sus ojos pequeños, que siempre parecía dormido, pero al que nunca se le escapaba nada. (Si vas a verle y le arrojas un trozo de pan o un terrón de azúcar, te darás cuenta de que, apenas sin moverse, lo coge al vuelo.)

También quería a los dos osos blancos que chapotean en el agua y juegan a subirse uno encima del otro; y a los hermosos leones, grandes, orgullosos, que andan como reyes en su ancha jaula y miran, perezosos y desdeñosos, a todo el mundo. La niña quería también a los tigres, con su mirada feroz, que parecía que iban a saltar de un momento a otro sobre los barrotes de su jaula; y también a los enormes

hipopótamos, con sus bocazas tan grandes que dentro hubiera cabido hasta un oso, según pensaba la niña. Quería a los monos pequeños, chillones y escandalosos; al cocodrilo dormilón que no se movía más que dos veces en el día; a las gacelas, tan suaves y tan asustadizas...

Cada vez que iba al parque zoológico, la

niña los miraba un poco a todos, saludaba a cada uno y también a todos les echaba comida y se reía al ver cómo la cogían, pero, al final, siempre iba a donde estaba el elefante y allí se quedaba porque el elefante era su mejor amigo.

Le gustaba verle tan grande y poderoso, más grande y más poderoso que ningún otro de los animales de allí; le gustaba ver sus gigantescas orejas y su formidable trompa con la que podía coger toda clase de cosas, aun las más pequeñas y delicadas. Y le gustaban los dos colmillos blancos, largos y relucientes, tan valiosos como dos preciados tesoros.

Como la niña iba muchas veces al zoológico y como pasaba mucho tiempo delante del elefante, él también empezó a conocerla, y cuando la veía llegar la saludaba con dos alegres y estruendosos trompeteos. Y ella se acercaba entonces muy orgullosa y le decía:

—¡Hola!

Cerca del elefante, rondando por los alrededores de su gran cobertizo, estaba siempre el mismo hombre. Era pequeño, moreno, y su piel tenía un color muy tostado. Sus ojos eran también pequeños, hundidos y muy negros, y brillaban con tanta fuerza que la niña estaba segura de que en la oscuridad serían refulgentes. Las cejas eran dos finísimos trazos que

apenas se veían y sus delgados labios estaban siempre apretados. La cara del hombre era mucho más ancha por arriba que por abajo: su barbilla terminaba casi en punta. En cuanto a la nariz, era pequeña y parecía aplastada. Desde luego, no era un hombre como los que ella estaba acostumbrada a ver; no había visto nunca ninguno como él. Era un hombre silencioso que no hacía nada más que andar por allí y mirarlo todo con sus ojillos que lanzaban destellos pero que nunca dejaban adivinar lo que él pensaba, siempre serio, siempre con los brazos cruzados delante. Como no hablaba con nadie ni hacía nada interesante, nadie le hacía caso ni se fijaba en él.

Aquella tarde, como otras veces, la niña se había parado a ver a todos los animales, les había echado a todos algo de comer, se había reído con las peleas de los monos y, por fin, iba hacia el cobertizo del elefante.

Pero de pronto, cuando estaba bastante cerca, se le encogió el corazón: delante del cobertizo no había nadie; no se oían risas de niños ni palmoteos de alegría y en seguida vio que el elefante no estaba en su sitio. Su lugar estaba vacío. La niña apresuró el paso y cuando llegó, se apoyó en la cerca. No había ruidoso trompeteo de saludo, no había a quién decirle «hola».

El sitio estaba desierto, y se dio cuenta de que también el hombre pequeño, moreno y silencioso había desaparecido. La niña no sabía qué pensar, casi no podía creerlo. Apretó entre sus manitas la gran naranja que traía para su amigo y las lágrimas comenzaron a resbalarle por las mejillas.

Estuvo allí un rato, con la cabeza apoyada en el palo de la cerca al que solía agarrarse cuando le daba algo al elefante, y sollozó tristemente. Luego se secó las lágrimas, metió la naranja en su cestita de mimbre que llevaba siempre al zoológico y fue hacia la salida.

Se paró ante el primer guarda del parque que vio y preguntó:

—¿Dónde está el elefante?

—No lo sé —dijo el guarda.

—¿Va a volver?

—No lo sé —volvió a decir.

En la puerta la niña preguntó todavía al hombre de los billetes:

—¿Sabe usted dónde está el elefante?

—No.

—¿Sabe si va a volver aquí?

—No lo sé, niña.

La niña se fue andando muy despacio a su casa. Dejó la naranja encima de la mesa y se sentó en una silla sin decir nada.

Pasaron días y días sin que volviera al zoológico. Muchas veces cruzaba por delante de la puerta pero no entraba. Desde fuera se oían los ruidos de los animales, sobre todo los chillidos de los monos, pero ya no le parecían alegres y, mientras se le empañaban los ojos, apresuraba el paso.

No podía olvidar a su amigo.

La niña no volvió al zoológico hasta que una tarde, cuando se alejaba de la verja camino de su casa, oyó un fuerte y estruendoso trompeteo que conocía muy bien. Su corazón empezó a latir más aprisa y se quedó parada en medio de la acera escuchando con atención. Todos los ruidos de la calle se habían borrado para ella; no oía ni los autobuses, ni los coches, ni las voces de la gente, ni a los demás animales de dentro.

Muy poco después volvió a sonar otro trompeteo y entonces la niña no lo pensó más. Echó a correr hacia su casa, cogió la naranja que había guardado la tarde en que el elefante había desaparecido y que aún estaba bien, aunque un poco arrugada, cogió otras más que echó en su cestita de mimbre y volvió corriendo a la calle.

Cuando entró en el parque, estaba colorada y respiraba agitadamente, pero sus ojos brillaban como nunca y su sonrisa era tan grande que parecía salírsele de la cara.

Ese día no se paró a saludar al oso pardo ni al oso polar ni a los leones, ni a los tigres ni a las gacelas, que tanto le gustaban. Ese día fue corriendo hasta el cobertizo del elefante y ni siquiera se paró cuando él la saludó con sus dos trompeteos; no se paró hasta que estuvo agarrada a la cerca y le dijo:

—¡Hola!

Luego le dio la naranja más vieja y el elefante la cogió con su enorme trompa y se la metió en la boca. Le dio otra y otra. Cuando terminó de darle naranjas, la niña miró a su alrededor. Sólo entonces se dio cuenta de que el hombre pequeño, moreno y silencioso estaba allí otra vez, sin hablar con nadie, sin hacer nada. Pero había algo que la niña no había visto nunca en aquel hombre: la miraba y sonreía. Ella también sonrió y se acercó a él.

—¿Dónde ha estado el elefante? ¿Dónde ha estado usted? ¿Adónde fueron los dos?

El hombre no contestó. Se había puesto serio otra vez y su cara era de nuevo una máscara.

—He llorado muchísimo —dijo la niña—, muchísimo, muchísimo, cuando vi que no estaba aquí. He llorado todos los días.

Los ojillos negros, brillantes, miraron rápidamente a todas partes y el hombre se llevó un dedo a los labios y dijo:

—Ssss... Cuando se vayan todos, ven y te lo contaré.

La niña dijo que sí con la cabeza y se fue a ver a los otros animales. Cuando todos los niños empezaron a marcharse y el parque comenzó a quedarse solitario, volvió al cobertizo.

El elefante estaba comiendo de un gran montón de hojas, tallos tiernos y raíces, pero cuando la vio, levantó la trompa y la agitó dos veces aunque sin trompetear. El hombre estaba sentado en un tronco, mirándole. La niña pasó por entre los barrotes de la cerca y se sentó a su lado. El hombre la miró un poco en silencio, sonrió, y luego habló:

—Lo que te voy a contar es una historia extraña que conoce muy poca gente; a ti te la cuento porque he visto que eres amiga del elefante y porque veo en tus ojos que tienes el corazón limpio. De todas maneras, habrá muchas cosas que no comprenderás y que ni yo ni nadie te podrá explicar porque esas cosas nadie las entiende; ya te digo que es una historia muy extraña.

El hombre calló un rato mientras preparaba una pipa larga y estrecha. A la luz de la cerilla la niña vio cómo le brillaban los ojos. El elefante se había echado encima de un montón de paja y seguía comiendo tranquilamente. El sol se había puesto del todo y poco a poco oscurecía.

—Este elefante —siguió el hombre— nació en una selva que hay lejos, muy lejos de aquí, en otro continente. Para llegar hasta allí hay que viajar muchos días y muchas noches; hay que pasar mares, ríos, montañas, con frío y con calor. Es una selva muy grande y muy hermosa, con gigantescos árboles que tú no has visto nunca y con plantas que ni siquiera sabes que existen ni cómo son. Allí hay pájaros extraños de todos los colores y muchos animales raros; hay flores que no crecen en ninguna otra parte y frutos que nadie, más que los poquísimos hombres que viven por aquellas tierras y han podido adentrarse en la selva, conoce. La selva es un lugar misterioso,

donde la vida es muy distinta de cuanto tú puedas imaginar. Los rayos del sol no llegan hasta la tierra más que en los claros o en las explanadas porque las copas de los árboles se juntan arriba, muy alto, y forman como un techo de grandes hojas gruesas y brillantes. Abajo, en medio de una vegetación que crece por momentos, muchos animales se mueven sin cesar. Podría parecer que se mueven sin hacer nada, pero el que entiende la vida de la selva los entiende también a ellos. Todo está silencioso y en calma, pero ese silencio se rompe a veces, de repente, por el estruendo de una lluvia torrencial que empieza de pronto y deja caer en muy poco tiempo una verdadera cortina pesadísima de agua y luego, de pronto, cesa igual que había empezado. Entonces el arco iris cruza el cielo, que es de un claro color azul. Otras veces, el rugido de algún feroz animal o el canto de alguno de los grandes pájaros penetra la selva de parte a parte. Luego, casi sin saberlo, cae la noche y entonces el silencio se hace terrible y peligroso; a ratos lo rasga el grito de muerte de un animal que ha sido cogido por algún implacable cazador nocturno. Y cuando se oye la siniestra risa de la hiena, un escalofrío recorre los ocultos senderos de la selva... Luego vuelve el silencio...

El hombre dio una larga chupada a su pipa

y la niña vio que sus ojos negros y brillantes miraban, fijos, a lo lejos, como si estuvieran viendo la misteriosa selva y como si el hombre estuviera escuchando su terrible silencio.

—Allí nació el elefante que es nuestro amigo.

La niña miró al elefante, que estaba muy quieto, como una gigantesca estatua.

El hombre siguió:

—Y yo nací en el pueblecito que hay a la entrada de la selva. Es un pueblo de chozas cubiertas de paja en lugar de casas, rodeado de una empalizada muy débil. Pero a nosotros, *ellos* no nos atacan. Nos conocen bien y nosotros les conocemos a ellos.

Y al decir esto, los ojos del hombre brillaron aún con más fuerza.

—Todos los años, cuando llega este tiempo, el elefante vuelve a su selva.

—¿Cómo puede ser eso? —preguntó la niña—. ¿Cómo le dejan marcharse? ¿Va solo? ¿Cómo puede hacer él ese viaje?

—Yo voy con él —dijo el hombre—. Yo soy su amigo. Todo el pueblo me ha escogido a mí para que esté siempre con él, para que vaya a donde él va.

—¿Por qué? —volvió a preguntar la niña—. ¿Por qué tiene que ir alguien con él?

—No lo sé —contestó el hombre—. Ya te

he dicho que en esta historia había cosas que no entenderías. Sólo sé que siempre ha sido así, desde hace tanto tiempo que nadie recuerda cuánto; siempre alguien de mi pueblo ha ido con el Gran Elefante; lo sé desde que he nacido.

—¿Él es el Gran Elefante?

—Sí.

—Entonces, ¿por qué está aquí? ¿Por qué tiene que estar en un zoológico?

—Así debe ser. Primero tiene que vivir entre hombres para conocerlos; antes de quedarse para siempre en su selva, tiene que estar aquí porque sólo de los hombres puede aprender todo lo que debe saber.

—¿Y cómo es que le dejan marcharse? ¿Cómo le dejan irse de aquí?

—Eso es otra historia —dijo el hombre.

La niña le vio sonreír entonces por segunda vez.

—Es una historia que ocurrió el primer año que estuvo él aquí. Cuando llegó este tiempo estábamos juntos. Un día vio abierta esa puerta que hay en la cerca y salió por ella. Vinieron corriendo todos los guardas y le metieron dentro enseguida. Venían con palos y estacas, aunque no tuvieron que emplearlos porque él entró sin protestar. Pero lo que ocurrió después fue espantoso. Todavía se me

ZOO

ponen los pelos de punta cuando lo recuerdo, y eso que no iban contra mí.

El hombre dijo estas palabras con tal acento que la niña, sin saber por qué, sintió un escalofrío.

—En cuanto le tuvieron encerrado —siguió—, todos los animales de aquí, absolutamente todos, comenzaron a aullar y a rugir tan salvajemente que era imposible soportarlo. Sus gritos eran feroces; enseñaban los colmillos y abrían las fauces y tenían los ojos inyectados de sangre. Parecían lanzar fuego y veneno y muerte. Después empezaron a abalanzarse sobre los barrotes de las jaulas y a sacudirlos con tanta fuerza que todos creíamos que iban a romperlos y salir. Todo el mundo estaba asustado y nadie sabía qué hacer. El miedo los paralizaba y, mientras tanto, el ruido era cada vez más ensordecedor y los golpes más fuertes.

»Era como si una locura terrible se hubiera apoderado de todos. Entonces yo abrí esa puerta —el hombre señaló la de la cerca del elefante—, y él salió. Como todos estaban enfermos de miedo, a nadie se le ocurrió detenernos. En cuanto nosotros llegamos a la salida se hizo el silencio de nuevo, renació la calma, todos los animales volvieron a su tranquilidad de antes. Desde entonces, siempre que tenemos que marcharnos nadie nos impide el paso.

El hombre miró a la niña, que le escuchaba con los ojos muy abiertos. Miró al Gran Elefante y volvió a dar una larga chupada a su pipa.

—En cuanto él llega a la selva —continuó— lo saben todos sus habitantes; lo sabe hasta el más pequeño insecto, la más delicada mariposa, la criatura más insignificante. También lo saben los fuertes, los terribles y los poderosos: los leones, los leopardos, las hienas... Y los grandes: las cebras, las jirafas, los gorilas, las serpientes, los rinocerontes... Lo saben los asustadizos: los antílopes, las gacelas, los avestruces. Los que viven bajo tierra y los que vuelan. Los buitres, los halcones, los flamencos... Los que viven en el agua, los cocodrilos, los hipopótamos... En cuanto llega él, todos lo saben, hasta los árboles, los arroyos y las piedras. Y en ese mismo momento la selva deja de ser un lugar feroz y peligroso. Ningún animal ataca a otro, nadie mata a nadie. Parece que las serpientes no tienen veneno, que los leones han perdido su fuerza, que a los leopardos se les han roto las afiladas garras, que los cocodrilos no tienen dientes. Parece que los débiles no han tenido nunca miedo y que jamás han sabido correr. En cuanto llega él, no hay enemigos. En todas partes se siente su presencia y en el aire se respira algo nuevo que no sé decirte cómo es. Y entonces, desde los rincones más lejanos de la selva, de todos los lugares de la tierra, del agua y del aire, comienza la Gran Marcha. Todos se ponen en camino y la selva parece un gigantesco hormiguero, todos marchando en la misma dirección, cada uno como puede, unos rápidos y otros lentos, unos andando y otros volando. Y podrías ver entonces al león yendo al lado de la jirafa, al halcón volando por encima de la gacela, a la serpiente reptando al lado de las ranas, todos en paz. Unos tardan varios días, otros llegan en unas horas; pero todos se reúnen, por fin, en una grandísima explanada, donde, en el centro, les espera él. Cuando están todos reunidos, empiezan a hacer un ruido extraño, que primero es muy suave, pero que crece más y más hasta que es terrible, aunque nunca da miedo. Es como si cantaran un himno. Luego se callan y se van acercando a él uno por uno. Se acerca primero el león, quien después del elefante es el más fuerte y el más respetado en la selva. Luego viene el leopardo y después el gran gorila. Y después del gorila va la humilde gacela y luego el cocodrilo y después la rana... Grandes y pequeños, débiles y poderosos, mezcla-

dos. Están un rato delante de él, frente a frente, y entonces debe de ocurrir algo que nadie sabe. Luego vuelven a su sitio. Esto dura varios días, y en ese tiempo nadie se mueve ni cambia de lugar. Cuando todos han estado con él, se van y el Gran Elefante se queda solo en medio de la ancha explanada, sin moverse, un día y una noche. Después se levanta, va a buscarme a la entrada de la selva donde le espero y volvemos aquí.

El hombre calló. El Gran Elefante había terminado de comer hacía rato y seguía echado sobre el montón de paja. Como era casi de noche, la niña no podía ver si tenía los ojos cerrados y dormía o estaba quieto, como el hombre.

—Entonces, ¿es allí donde habéis estado? —preguntó la niña.

—Sí —dijo el hombre—; allí vamos todos los años cuando llega este tiempo. Pero una vez nos iremos y no volveremos más. Él se quedará en la selva y yo en mi pueblo.

—¿Y ya no os podré ver?

—Tú, sí —contestó el hombre—; tú, sí. Tú hasta podrás ver la selva y a los demás animales y a él entre ellos, en el centro de la gran explanada.

La niña sacó la última naranja que le quedaba en su cestita de mimbre y la dejó sobre el tronco del árbol, al lado del hombre. Él la cogió y sonrió.

La niña se marchó de puntillas, temiendo hacer ruido.

BUENOS DÍAS

El niño saltó de la cama, se acercó rápidamente a la ventana y levantó la cortina. Fuera todo estaba blanco y brillante: los árboles, las casas, la calle, todo cuanto podía verse. Había un silencio muy grande: nada se movía ni se agitaba.

El niño sonrió con la boca de oreja a oreja. ¡Por fin había nevado! Después de esperar tanto tiempo la nieve, después de asomarse todos los días a la ventana y retirarse entristecido, hoy todo era como él lo había soñado. Nunca había visto tanta nieve.

—Esto parece el polo Norte —dijo en voz alta a pesar de que nadie le podía oír.

Dejó caer la cortina y fue corriendo a lavarse y a desayunar. Lo hizo todo tan aprisa, que ni él mismo sabía si había comido jabón y pasta de dientes y se había lavado con chocolate y galletas, o lo había hecho todo como se debe hacer.

Volvió a su habitación y comenzó a vestirse tan apresuradamente, que parecía como si la ropa no quisiera que se la pusiera. Metió una

pierna en el pantalón y volvió a mirar por la ventana. Metió la otra y miró de nuevo. La nieve seguía allí, cubriéndolo todo, y no había una sola cosa que no estuviera blanca y reluciente. Se metió el jersey por la cabeza y antes de meter los brazos por las mangas volvió a mirar.

—El polo Norte —dijo—; igual que el polo Norte. A lo mejor hasta han venido pingüinos.

Se calzó las botas con más rapidez todavía, aunque estaba furioso porque le parecía que nunca le había costado tanto trabajo vestirse. Mientras se ponía el abrigo forrado de piel, la bufanda y los guantes, iba diciendo:

—Debe de hacer un frío muy grande. Muchísimos grados bajo cero. Todo estará helado, hay que abrigarse.

Por fin terminó; parecía una bola de lana con patas que se movía con una rapidez increíble. Oyó que le decían algo en su casa y antes de cerrar la puerta, gritó:

—¡Sííííí...!

Y salió a la calle. Pero se paró enseguida para poder observar mejor el gran cambio ocurrido por la noche.

Sí, todo era nieve; en algunas partes estaba blanda, pero casi toda se había endurecido. De los árboles colgaban larguísimos témpanos transparentes, algunos rectos y puntiagudos, otros retorcidos caprichosamente. Los tejados de las casas se habían hecho gordos y redondos bajo la capa de nieve que pesaba sobre ellos. El niño echó a andar.

—Iré a buscar a Juan —se dijo.

Y cogió el camino de casa de su amigo. Llevaba andando un buen rato cuando se dio cuenta de que la calle no era como antes ni reconocía las casas vecinas a la de Juan, y que los árboles habían desaparecido.

Se paró sin saber qué hacer y en ese momento vio una figura que se acercaba a él. Andaba sin prisa, con un paso un poco balanceado, inclinando el cuerpo una vez a la derecha y otra a la izquierda. No era muy alta pero tampoco demasiado baja, y su color negro brillante destacaba sobre el blanco de la nieve. Poco después pudo ver que era un pingüino.

El niño abrió los ojos todo lo que daban de sí y durante un momento hasta se olvidó de respirar, y eso a pesar de que también tenía abierta la boca. Cuando estuvo cerca, el pingüino se quitó muy ceremoniosamente su sombrero de copa, hizo una cortés inclinación con la cabeza y dijo con voz muy educada:

—Buenos días.

Luego siguió su camino andando con paso igual y balanceado. El niño apenas pudo cerrar la boca para decir:

—Buenos días.

Cuando el pingüino se alejó tanto que volvió a ser un punto negro sobre la nieve, el niño miró de nuevo a su alrededor.

Las casas se habían hecho mucho más pequeñas y todas eran redondas, como globos sentados en la nieve. Estaban construidas con unas grandes losas de hielo, como nunca había visto ninguna casa.

«Ahora no podré encontrar la casa de Juan», pensó el niño.

Volvió a andar despacio, sin saber adónde dirigirse. Todavía no había salido de su asombro. Se frotó los ojos varias veces y, como había leído que la gente se suele pellizcar para saber si está despierta o soñando, también lo hizo él. Y justo entonces vio acercarse a un gran oso blanco que llevaba a un osito agarrado de una mano. Pasaron por su lado y el oso grande dijo:

—Buenos días.

Y el oso pequeño dijo:

—Buenos días.

El niño contestó:

—Buenos días.

Luego echó a correr de alegría y de contento y mientras corría iba sonriendo con la boca de oreja a oreja y hasta soltaba pequeñas carcajadas de vez en cuando. Por el camino volvió a cruzarse con pingüinos que le saludaron quitándose sus sombreros de copa y con osos blancos que le decían adiós con sus gordas patas. Y corrió así hasta que trope-

zó con otro niño y los dos se cayeron al suelo.

—Buenos días —dijo el nuevo.

—Buenos días —contestó él.

Se levantaron los dos y el niño nuevo fue a frotar su nariz contra la del otro.

—Me llamo Anak —dijo—. ¿Qué haces aquí?

—No sé. Iba a buscar a mi amigo Juan, pero no encuentro su casa.

—¿Casa? —preguntó Anak—. ¿Qué es casa?

El niño le miró muy sorprendido.

—Eso es una casa —dijo, señalando con el dedo una de las casas redondas hechas con losas de hielo.

—Eso es un iglú —dijo Anak—. Nosotros, los esquimales, vivimos en iglús. ¿Quieres venir a ver el mío?

—Claro —contestó el niño, quien al ver lo que ocurría, pensó que lo mejor era no perder el tiempo asombrándose y disfrutar de las cosas.

Y los dos juntos, cogidos de la mano, fueron hacia el iglú de Anak. De pronto, el niño preguntó:

—Oye, esto es el polo Norte, ¿verdad?

—Desde luego. ¿Qué otra cosa iba a ser? —rió el niño esquimal—. Mira que haces preguntas raras.

El niño sonrió entonces misteriosamente y sus ojos brillaron, pero Anak no se dio cuenta.

—Éste es mi iglú—dijo cuando llegaron—. Puedes entrar.

Dentro había un calor muy agradable y una gran cantidad de velas repartidas por toda la habitación daban una luz acogedora. Las paredes estaban forradas de pieles de arriba abajo, así que no se veía ni un trozo de hielo. Los muebles y el suelo también estaban forrados de pieles y todo era blando y caliente.

—Siéntate —dijo Anak—. Voy a decirle a mi madre que te traiga sopa de ballena.

El niño estuvo unos minutos mirando con atención la casa y todo lo que había en ella. Al poco tiempo entró Anak seguido de su madre, quien llevaba un gran cuenco en las manos.

—Buenos días —dijo el niño levantándose, pues ya se había dado cuenta de que en el polo Norte todo el mundo se saludaba diciendo «buenos días» y de que todos eran muy corteses.

—Buenos días —respondió la madre de Anak, y, acercándose al niño, frotó la nariz contra la suya—. Me figuro que habrás pasado mucho frío, así que esta sopa de ballena te sentará estupendamente.

—Muchas gracias, señora.

La madre de Anak sonrió muy complacida.

—Anak, trae a tus hermanos y cantad para distraer a vuestro amigo mientras come —dijo después.

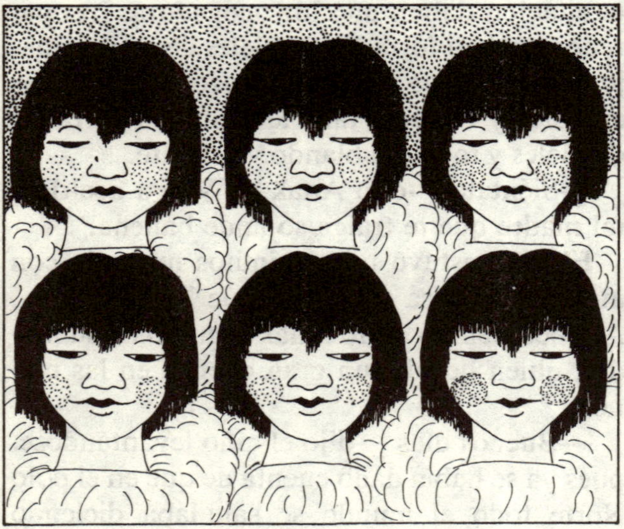

Anak salió corriendo de la habitación y volvió enseguida acompañado de cinco niños más, unos un poco más pequeños y otros muy poco mayores que él, pero todos iguales. Nada más entrar, empezaron a cantar con muy bonitas voces:

Buenos días, buenos días,
te decimos, nuevo amigo;
buenos días, buenos días,
la alegría esté contigo.

Después de esta primera estrofa los niños batieron palmas, dieron con el pie derecho tres veces en el suelo y volvieron a cantar:

Nuestra noche dura tanto
que olvidamos la luz del sol,
y nosotros, meses largos,
miramos sólo al farol.
Pero hoy, que la luz brilla
sobre todo al Norte Polar,
con la mayor alegría
te podemos así cantar:
Buenos días, buenos días...

«Vaya —pensó el niño—; ahora lo comprendo. Por eso todos dicen buenos días. Luego se pasarán muchísimo tiempo diciendo buenas noches.»

Mientras los niños esquimales cantaban, la madre de Anak se había sentado y los miraba sonriendo. El niño terminó la sopa.

—Es lo más rico que he comido en mi vida —dijo.

Todos hicieron entonces una reverencia.

—Vámonos a jugar —dijo Anak.

Salieron en tropel. Desde la puerta del iglú la señora esquimal les gritó:

—¡Enseñadle la aurora!

—¿Qué ha dicho? —preguntó el niño.

—Que te enseñemos la aurora boreal.

—¿Qué es eso?

—Ya lo verás. Ven con nosotros.

Anduvieron juntos hasta que llegaron a un gran trozo de hielo en forma de cubo, muy bien pulido. En uno de los lados había escalones excavados en el hielo.

—¡Arriba! —gritaron los niños esquimales, y comenzaron todos a subir.

En lo alto del cubo se encontraron con varias focas sentadas en corro, charlando y riendo ruidosamente.

—Buenos días —dijeron los niños.

—Buenos días —contestaron las focas a la vez, lo cual les hizo tanta gracia que se echaron a reír de nuevo estrepitosamente.

—Pongámonos aquí uno al lado de otro para no taparnos la vista —dijo Anak.

Una vez colocados, empezaron todos a mirar al cielo. El niño miró también, pero no vio nada. Iba a preguntar qué ocurría, pero en ese momento las focas se callaron de repente y todos dijeron.

—Ooooh...

Volvió a mirar al cielo y entonces su asombro fue mayor que nunca.

De lo alto parecían llover gruesos rayos de luz de infinitos colores; unos eran más largos

y llegaban hasta el horizonte blanco de nieve y otros eran más cortos y se quedaban colgados en el aire. El cielo cambiaba de color a cada momento y los haces luminosos se juntaban y se separaban continuamente. Había un resplandor mágico que lo envolvía todo, un brillo que no se sabía de dónde salía ni dónde estaba.

No se oía ni un ruido. Anak y sus hermanos habían enmudecido, lo mismo que las focas que tanto reían antes, lo mismo que los pingüinos y los osos que habían llegado después. El resplandor crecía por momentos y cada vez los envolvía más. Parecía que ya no estaban en la tierra, sino en un lugar maravilloso, flotando en el espacio inmenso, a punto de tocar las estrellas.

El niño se había olvidado de todo, como se habían olvidado los demás. No supieron cuánto tiempo duró aquello.

Luego, poco a poco, la aurora boreal fue borrándose.

Tiempo después se miraron unos a otros como si despertaran de un sueño larguísimo y profundo que nadie sabía cuándo había empezado.

El niño miró a su alrededor y vio a Anak y a sus hermanos, a las focas, a los pingüinos y a los osos restregándose los ojos. Luego todos comenzaron a frontarse las narices unas contra otras, pues se sentían felices y contentos.

—Bueno —dijo, por fin, el niño—, me voy a casa. Estarán preocupados por mí.

—Adiós —le contestaron los que estaban encima del bloque de hielo—. Adiós y buenos días.

—Adiós, buenos días —dijo el niño.

—¡Vuelve pronto! —gritaron mientras él bajaba los escalones—. ¡Vuelve otra vez!

—Sí —respondió el niño desde lejos ya—, volveré.

Echó a andar por la nieve y al poco rato se encontró con el oso blanco que llevaba agarrado por una pata al oso pequeño. El oso grande dijo:

—Buenos días.

Y el oso pequeño:

—Buenos días, señor.

Les devolvió el saludo y siguió caminando. Las casas parecían mayores ahora. Después se cruzó con el pingüino que había encontrado al principio. El pingüino volvió a quitarse el sombrero ceremoniosamente y le saludó de nuevo.

El niño miró a su alrededor y comenzó a reconocer las casas, las calles y vio otra vez árboles. Al fin, encontró también su casa. Al entrar dijo:

—Buenos días.

Luego se lavó las manos y se sentó a la mesa. Su madre sacó una gran sopera humeante. Sirvió a todos y el niño empezó a comer.

—¿Te gusta la sopa? —le preguntó su madre.

—Sí —dijo él—; pero es mejor la de ballena.

¡TODOS A UNA!

El día que se anunció el Gran Concurso de Remo para Barcas con Tripulación Infantil empezó todo el revuelo y la agitación. Por la tarde se vieron ya grupos de niños en las esquinas de la pequeña ciudad, hablando misteriosamente, yendo de un lado a otro como si fueran espías, lanzando miradas furtivas a todos los rincones, tratando con gravedad el gran acontecimiento que se avecinaba.

En un solo día cambió la vida de la ciudad. Las calles que antes estaban tranquilas hasta las diez de la mañana, se animaban con voces, risas y carreras desde las ocho porque todos los niños, hasta los acostumbrados a dormir muchísimo, salían muy temprano de sus casas.

En todas partes no se hablaba más que del Gran Concurso. El premio era estupendo: una barca para la tripulación ganadora y un equi-

Gran concurso de Remo
PARA BARCAS DE TRIPULACIÓN INFANTIL

po completo de pesca submarina para cada uno de sus remeros. Pero, aparte del premio, ¡qué bonito sería ganar! ¡Qué bonito remar y remar y dejar atrás a los otros y alejarse, mar adelante, tragando olas y olas! ¡Qué bonito ser vencedores después de una lucha reñida y difícil!

Para los niños, las pequeñas embarcaciones con las que iban a concursar se convirtieron enseguida en formidables barcos. Ya no eran unas barquitas amarradas en el puerto; se trataba de verdaderos barcos, firmemente anclados que, recién pintados y barnizados, esperaban a sus intrépidos marineros para surcar todos los mares.

Pronto se formaron las tripulaciones de los barcos que iban a tomar parte en el concurso; eran cinco y se llamaban *El Delfín, Albatros, El Explorador, El Navegante* y *El Mundus*.

Todas las mañanas los niños de cada tripulación se reunían en un sitio, siempre el mismo, y desde allí iban juntos, en formación, serios y ordenados, hasta el puerto, montaban en sus barcas y comenzaban el entrenamiento.

Los del *Navegante* y los del *Mundus* llegaban casi siempre a la misma hora. Iban al puerto por calles distintas, pero en cuanto doblaba la esquina el grupo del *Mundus,* asoma-

ba la cabeza el capitán del *Navegante*. Casi todas las mañanas bajaban juntos la escalerilla del muelle, mezclados unos con otros, los del *Navegante* con sus camisetas rojas y los del *Mundus* con ellas verdes. El encargado del malecón no sabía a cuál de los dos grupos hacer caso antes, y los que debían esperar estaban siempre impacientes y descontentos.

Una mañana alguien empujó a alguien; nunca se supo si fue un camiseta verde quien empujó a uno rojo o si uno rojo a uno verde. Lo que sí pudo verse claramente fue cómo caían dos chicos de la tripulación del *Mundus* al agua, lo que hizo reír muchísimo a los del *Navegante*. Empezaron los entrenamientos y, como de costumbre, las dos barcas salieron del puerto casi a la vez. Los chicos remaban más fuerte que nunca. El *Navegante,* que iba un poco delante, fue alcanzado por el *Mundus;* cuando estuvieron emparejados, todos los tripulantes dejaron caer los remos planos y el agua saltó para mojar por completo a los del *Navegante*. El *Mundus* se alejó entonces rápidamente entre las grandes carcajadas de sus camisetas verdes.

—¡No hay derecho! —gritó el capitán del *Navegante*—. ¡Nos las pagaréis!

A lo lejos se veía a las otras barcas con sus tripulaciones que remaban incansables, sin haberse enterado de nada de lo ocurrido.

El *Navegante* tuvo que entrenarse empapado aquella mañana. Pero al día siguiente pensaron darles una buena lección a los «verdes».

—Iremos al puerto una hora antes —dijo

el capitán cuando estuvieron todos en su sitio de reunión—. Les esconderemos la barca en el viejo cobertizo de los pescadores. Ya veremos lo que hacen entonces.

A la mañana siguiente, una hora antes que todos los días, un grupo de chicos con camisetas rojas doblaba la esquina de una de las calles que desembocaba en el puerto, y, para su gran asombro, al mismo tiempo llegaban por otra calle once chicos vestidos con camisetas verdes. Hubo un momento de indecisión en que los veintidós se quedaron quietos, sin saber qué hacer ni qué pensar. Luego, como si nada raro pasase, como si en vez de una hora más temprano hubiese sido la de siempre, bajaron atropelladamente la escalerilla del puerto mientras el hombre del malecón los miraba sin comprender.

Montaron en las barcas con gran rapidez y comenzaron el entrenamiento enseguida.

Cuando, una hora después, llegaron al puerto los chicos del *Delfín*, del *Albatros* y del *Explorador*, las dos barcas madrugadoras surcaban las aguas velozmente.

—¡Mirad! —dijo el capitán del *Albatros*—. ¡Ésos vienen antes que nosotros!

—¡No vale! ¡Van a tener más entrenamiento! —decían a bordo del *Delfín*.

—En este tiempo nos pueden sacar mucha ventaja —protestaron los del *Explorador*.

Al día siguiente todos llegaron al puerto a la misma hora, sí, pero una antes que al principio.

Se acercaba la fecha del concurso y las tripulaciones de los cinco barcos estaban cada vez más nerviosas. Todo el mundo hablaba ya del campeonato y hasta las personas mayores estaban de verdad interesadas, sobre todo los padres de los chicos que iban a tomar parte en la competición.

—Fíjese —decía un día en la carnicería la madre de uno del *Albatros* a la madre del capitán del *Explorador*—, el chico está comiendo espinacas y lentejas y también hígado y todo lo que antes no le gustaba. Dice que esas cosas dan fuerzas y resistencia.

—Todos hacen lo mismo y están comiendo las mismas cosas.

En la ciudad se conocía ya la enemistad entre el *Mundus* y el *Navegante* y todo el mundo sabía que la lucha sería reñidísima.

El caso empeoró aún más cuando una mañana la tripulación del *Mundus* se encontró sin remos al llegar a su embarcación. Perdieron más de una hora buscándolos y si uno de ellos no llega a tropezar con unas redes de pesca que había tendidas en la calle y descubrirlos debajo, no los hubieran encontrado.

Mientras tanto, las otras barcas hacían cortas carreras en el agua.

Al día siguiente el *Navegante* salió también con bastante retraso porque se encontraron la barca llena de arena y tuvieron que descargarla.

Así estaban las cosas cuando llegó la gran prueba. Era una mañana lleno de sol y tan alegre, que daban ganas de reír sin saber por qué. Todo brillaba: el agua, el cielo, las cinco barcas que habían sido revisadas cuidadosamente muy temprano... Brillaban las camisetas rojas del *Navegante,* las verdes del *Mundus,* las amarillas del *Albatros*. Brillaban las caras y los ojos con el pensamiento de la victoria. Esperaron con gran impaciencia al jurado y por fin llegó el momento para el que se habían preparado durante tanto tiempo.

Cada tripulación montó en su barca. El presidente del jurado hizo una señal y todos los remos se levantaron, derechos y relucientes, apuntando hacia el cielo completamente azul. En el puerto se hizo el silencio total; todos contenían la respiración y una oleada de emoción recorrió la gran muchedumbre que había acudido a ver el concurso. Y entonces el árbitro dio la señal al mismo tiempo que por el micrófono el presidente decía:

—¡Adelante!

Bajaron los remos de golpe, se hundieron en el agua, volvieron a salir, volvieron a hundirse… Había comenzado la carrera.

Al principio, las cinco barcas fueron juntas. Luego, con gran trabajo, lograron destacarse el *Navegante* y el *Mundus*. Hubo un grito en todo el puerto:

—¡Ánimo!

Las dos barcas rivales iban emparejadas. Haciendo esfuerzos gigantescos conseguían alejarse de las otras tres, pero no podían adelantarse la una a la otra. Los capitanes rugían animando cada uno a su tripulación:

—¡Dadle fuerte, chicos! ¡El *Navegante* se queda atrás! ¡Vamos, aprovechad! ¡Fuerte! ¡Uno, dos! ¡Uno, dos! ¡Uno, dos!

Los remos se levantaban y bajaban velozmente. El *Navegante* se quedaba atrás.

—¡Hurra! —gritó la tripulación.

Pero en ese momento el capitán anunció:

—¡El *Navegante* hace agua!

Los remos se movieron lentamente y se pararon.

—¡Volved! —ordenó el capitán—. ¡Media vuelta! ¡Al rescate del *Navegante!* ¡Rápido! ¡Uno! ¡Dos! ¡Más rápido!

Y si antes el *Mundus* había avanzado con rapidez, volvía ahora más velozmente aún. En el puerto no podían comprender nada de lo

que ocurría. No se habían dado cuenta de que a la barca conducida por los camisetas rojas le entraba agua y pensaban que los verdes se habían vuelto locos al verlos echar marcha atrás.

El *Mundus* no tardó en estar al lado del *Navegante.*

—¡Pasad aquí! —les dijo el capitán—. ¡Vamos! ¡Pronto!

El de los verdes dudó un segundo. Luego ordenó:

—¡Vamos, chicos! ¡Al *Mundus!*

Según iban subiendo del *Navegante,* el *Mundus* se balanceaba peligrosamente. Justo entonces les alcanzaban las otras barcas, que, por fin, se habían dado cuenta de lo que ocurría y habían remado con más fuerza.

—¡No podéis ir todos juntos! —gritó el capitán del *Albatros*—. ¡Os vais a hundir! ¡Es demasiado peso para vuestro barco!

—Nosotros los hemos rescatado y queremos ir con ellos —contestó uno del *Mundus*.

—Pero es imposible; deben repartirse entre todos. Cada barco debe llevar a algunos del *Navegante*.

—A nosotros nos gustaría ir en el *Mundus* —dijo el capitán de los verdes.

Pero en ese momento el *Mundus* comenzó a moverse de forma extraña y todos comprendieron que era un peligro seguir los veintidós a bordo. De esta manera, el *Albatros* cogió dos camisetas verdes, el *Delfín* otros dos y el *Explorador* dos también. El *Mundus* se quedó con cinco.

Una vez repartida la tripulación del *Navegante*, las cuatro barcas comenzaron a dirigirse hacia el puerto. Remaban todos al compás. Los únicos que no remaban eran los verdes, que se habían puesto a cantar a coro.

Entraron en el puerto a la vez, en una bonita fila, todos por igual, ninguno más atrás ni más adelante que los otros. Los aplausos y los vivas eran ensordecedores. El jurado y los es-

pectadores habían comprendido por fin lo que había ocurrido y se habían dado cuenta de lo que los chicos habían hecho.

—¡Viva el *Mundus!* —gritaban unos.

—¡Viva el *Albatros!* —se oía desde otro sitio.

—¡Viva el *Delfín!*

—¡Viva el *Explorador!*

Y luego todos:

—¡Viva el *Navegante!*

Y estallaron de nuevo los aplausos. Entraron así en el puerto y al desembarcar, las cinco tripulaciones se abrazaron fuertemente; los que más fuerte lo hicieron fueron los del *Mundus* y los del *Navegante.* Ninguno se preocupaba de los premios en ese momento. Porque la verdad es que ese día el concurso lo había ganado la amistad.

LA LEY DEL GRAN JEFE

La Gran Tribu de los Indios Chirovas vivía entre los riscos de las altas montañas que dominaban el valle. Había vivido allí durante años y años, a través de las generaciones y por eso todos, desde el pequeño Igampuy-Mensajero Veloz hasta el Gran Jefe O-kie-pá-Ojos de Fuego, todos, conocían las cuevas, los collados, las vaguadas y las cumbres de los montes mejor que el interior de sus propios *wigwams*. Abajo, en el valle, se extendía una verde y fresca pradera regada por arroyos de hielo líquido, cristalinos y limpios como el azul del cielo que cubría aquella hermosa tierra.

Pero la Gran Tribu Chirova conocía tiempos muy difíciles: continuas guerras y encarnizadas luchas la habían reducido tanto que el Gran Jefe, que era el más viejo, apenas po-

día reconocer en ella a la gran tribu de su infancia. Por eso, un día, O-ke-pá-Ojos de Fuego había convocado a toda su gente y les había hablado así:

—Hermanos, vuestro hermano os habla con el corazón limpio y sin esconder engaño en su mente. Nuestra valiente tribu ha luchado en muchas guerras y siempre ha vuelto con la victoria. Pero ha vuelto también siempre con muchos menos hermanos. Matábamos a gran número de enemigos, pero también morían los nuestros. Mirad cuántos somos hoy.

Y al decir esto, el Gran Jefe miró a todos los suyos por encima de sus cabezas, desde el alto lugar en que estaba colocado, y su alma sintió un gran dolor porque recordaba haber visto aquel mismo sitio lleno de guerreros cuando él era un niño como Igampuy-Mensajero Veloz. Y ahora había demasiados claros entre ellos.

—Los viejos saben bien que antes éramos muchos más. Escuchad bien, hermanos, a vuestro hermano que os habla sin mentira: nuestra tribu morirá. —Y al decir estas palabras la voz del Gran Jefe retumbó con fuerza en todo el valle—. Si luchamos, si guerreamos como hasta ahora lo hemos hecho, todavía la victoria puede seguir siendo nuestra, pero los indios chirovas no existirán más. Por eso yo os digo que debemos enterrar el hacha de guerra y todas las armas que sirven para dar muerte y para herir. No tomaremos más el arco y las flechas ni la honda ni la jabalina. Nuestros redondos escudos de madera serán quemados en una gran hoguera y nosotros bailaremos alrededor la danza de la alegría y de la paz. No correrá más nuestra sangre ni nosotros haremos correr la de otros.

—¡Eres viejo, O-kie-pá-Ojos de Fuego! ¡Eres viejo y tu corazón es débil y tu pulso tiembra; por eso ya no quieres luchas ni guerras, porque tu brazo ya no es poderoso ni tus músculos pueden ya tensarse como la cuerda del arco!

Así habló el joven Kichai, y un silencio terrible siguió a sus palabras. Un estremecimiento recorrió toda la tribu, nadie se atrevió a moverse. En la mirada del Gran Jefe O-kie-pá apareció un brillo intenso; sus ojos relampaguearon con fuertes llamaradas. Era la mirada que todos conocían, la que había asustado a tantos enemigos, la que le había dado el nombre. El mismo Kichai tuvo un escalofrío al sentir fija en él esa mirada. Entonces el Gran Jefe agarró el hacha de guerra; alzó el brazo muy derecho por encima de su cabeza y lo tuvo así, en alto, sin una sacudida, sin un temblor. Luego, con un movimiento preciso y rápido, la lanzó. El arma cruzó el aire con un ruido cortante y fue a clavarse muy lejos, en el tronco de un gran árbol, el más alto y el más solitario de cuantos había allí. Todas las miradas se clavaron a la vez en el mismo lugar y todas volvieron atrás para fijarse con admiración en el Gran Jefe.

El joven sabía lo que debía hacer. Sabía cuál era el rito de los chirovas cuando alguien había desafiado al Gran Jefe: tenía que tirar también el hacha y tenía que tirar más lejos. Si no lo conseguía, el Gran Jefe tenía derecho a quitarle la vida. Pero Kichai sabía también otra cosa: que el hacha que él tirara no iría siquiera a medio camino. Pero ya no había vuelta atrás; agarró el hacha y la lanzó con todas sus fuerzas: el arma cayó al suelo pesadamente; el árbol con el hacha del Gran Jefe estaba lejos.

—Trae las hachas —dijo entonces O-kie-pá a Mensajero Veloz.

Y mientras el niño corría por ellas, el silencio se hizo aún más terrible en la tribu: todos esperaban el castigo implacable. Cuando volvió Igampuy, el Gran Jefe cogió las hachas, le dio la suya a Kichai y dijo:

—Mi corazón os habla sin mentiras; mi pulso no tiembla, mi brazo es firme, pero mi amor a nuestra tribu es muy grande y no debe verterse más sangre chirova ni de otro piel roja. Ni la tuya tampoco, Kichai. Toma tu hacha y entiérrala con todas las armas de la tribu.

—Escucha, O-kie-pá-Ojos de Fuego, Gran Jefe. Si enterramos todas las armas ¿cómo podremos cazar a los bisontes? —preguntó entonces uno de los chirovas.

—No cazaremos más bisontes —dijo O-kie-pá—. Igual que morirá nuestra tribu si seguimos las guerras, morirán también los bisontes si los cazamos sin piedad. El bisonte es el animal de los indios, él puede ser nuestro amigo.

Cuando O-kie-pá dijo estas palabras hubo alguien en la tribu que sintió una gran alegría y estuvo a punto de gritar de contento. Era Igampuy-Mensajero Veloz.

—Cultivaremos nuestras tierras —siguió el Gran Jefe— y nuestras cosechas nos harán ricos. Y criaremos animales, que serán los más hermosos.

—¿Qué haremos si alguien nos ataca? —volvió a preguntar un chirova—. ¿Cómo nos defenderemos?

—No nos atacarán más —contestó el Gran Jefe—. Vosotros lo veréis.

Al día siguiente, muy temprano, la pradera del valle se llenó de cantos y risas. Los chirovas bajaban de los montes vestidos de fiesta

y los alegres colores de sus ropas brillaban con la luz del sol, que se levantaba, rojo y redondo, sobre los picos. Todos los hombres llevaban tocados de plumas y marchaba cada uno delante de su familia. Las mujeres iban con su negrísimo pelo sobre la espalda y llevaban en grandes cestos, ayudadas por sus hijos, las armas de guerra. Delante de todo el cortejo marchaba el Gran Jefe O-kie-pá-Ojos de Fuego, con su gran tocado de plumas, con su andar altivo, con una luminosa sonrisa en su noble cara. Sólo sus ojos seguían siendo terribles, con sus llameantes destellos.

Cuando el sol estuvo alto en el cielo, un profundo y ancho hoyo se abría en el centro de la pradera. Entonces el Gran Jefe levantó solemnemente su brazo derecho: los hombres dieron varios pasos atrás y formaron un círculo alrededor del hoyo; las mujeres y los niños dieron un paso hacia adelante y cuando el Gran Jefe bajó el brazo, arrojaron las armas dentro.

Después de taparlo, comenzaron las danzas. Sonaban las flautas, los silbos y los caramillos; sonaban los cascabeles y los tambores mientras que los ágiles pies calzados con blandos mocasines apretaban la tierra sobre la tumba de las armas.

Como todos cantaban y bailaban, nadie vio

a Igampuy-Mensajero Veloz hablar con el Gran Jefe y después hablar en secreto con cuatro jóvenes que dejaron las danzas y se fueron hacia los montes. Pero algo más tarde, el mismo Igampuy saltó en el centro del corro y comenzó a brincar para que todos le vieran señalando hacia los picos.

—¡Señales de humo! —gritaba—. ¡Mirad! ¡Señales de humo!

Y cuando cesaron la música y el baile, pudieron oír el batir de cuatro tambores que desde las altas montañas pregonaban a los cuatro confines de la tierra:

> «Los chirovas no guerrearán más. No atacarán a nadie. No lucharán con ninguna tribu. Los chirovas quieren la paz con todos; no quieren derramar sangre. Los chirovas han enterrado hoy sus armas.»

—Ahora sabéis —dijo el Gran Jefe con potente voz— por qué nadie nos atacará. Nuestra raza jamás ataca a los que no hacen mal y a los que no quieren luchar.

Todavía seguía la fiesta cuando cayó la noche. Se encendieron las antorchas y luego, de repente, de la oscuridad surgió una enorme llamarada, la gran hoguera que sobre el hoyo de las armas quemaba los escudos de guerra. Y el fuego daba a las morenas caras de los indios un brillo mágico que reflejaba también sus negrísimos ojos. Hasta el amanecer sonaron en el valle, esparciéndose por los montes y revolviendo los ecos, los alegres caramillos y las melancólicas flautas.

Y el amanecer trajo el alba de una nueva vida para todos ellos.

Desde aquel día los chirovas vivieron en paz. Trenzaban grandes y resistentes cestos, tejían vistosas telas de colores de algodón silvestre, fabricaban airosas vasijas de barro que decoraban con minuciosos dibujos, labraban preciosas joyas de oro y plata, pescaban en los limpios riachuelos del valle y cultivaban con afán las laderas de los montes y algunos trozos de la pradera, donde galopaban sus fuertes y hermosos caballos.

Un día el Gran Jefe, que todas las mañanas paseaba alrededor del poblado, encontró a Igampuy arrodillado detrás de un grueso árbol. En el suelo, con una pata entre las manos del niño, había un pequeño bisonte. Y muy cerca, otro bisonte, éste poderoso y enorme, miraba cómo el indiecito intentaba curar la pata temblorosa del animal. Cuando una rama seca crujió bajo los pies del Gran Jefe, Igampuy volvió la cabeza sin soltar al bisontito. O-kie-pá sonrió y se fue, pero no dijo nada. El niño tampoco dijo nada, pero sabía que el Gran Jefe estaba contento y Ojos de Fuego sabía que el niño era feliz.

Algún tiempo después Igampuy estuvo enfermo y tuvo que quedarse en su *wigwam* sin salir y sin levantarse de la cama. Y fue pre-

cisamente en ese tiempo cuando, una mañana, aparecieron en el comienzo de la calle central del poblado chirova cuatro grandes bisontes y un bisonte pequeño. Los indios no sabían qué pensar: nunca habían visto una cosa así ni recordaban haber oído contar nada parecido. Los bisontes habían huido siempre de los chirovas y los chirovas, si no podían cazarlos, habían huido de las manadas de bisontes. Habían sido enemigos siempre. Por eso, algunos niños echaron a correr llorando, asustados, agarrándose a las túnicas de sus madres que también se apresuraban a meterse en los *wigwams*. Los hombres, algo preocupados y sin saber qué hacer, fueron a avisar a O-kie-pá. Pero el Gran Jefe sonrió y les dijo que no ocurría nada. Mientras tanto, los bisontes habían entrado en el poblado con un paso tranquilo y se habían parado delante del *wigwam* de Igampuy. Entró sólo el bisonte pequeño y los chirovas, niños, mujeres y hombres, corrieron a mirar lo que pasaba. Levantaron las esteras que cubrían el *wigwam* y por las rendijas pudieron ver cómo el bisonte pequeño lamía la cara y las manos de Igampuy, mientras el niño reía y le daba palmaditas sobre la frente.

Igampuy se curó pronto porque era fuerte, como todos los de su tribu. Los bisontes subían muchas veces hasta el poblado y paseaban por él sin que nadie se asombrara ya. Los días de tormenta o las terribles noches de invierno se quedaban con los chirovas buscando, por primera vez en la historia de los bisontes, la compañía del hombre que, también por primera vez, era su amigo. Se había cumplido el deseo de O-kie-pá-Ojos de Fuego, el Gran Jefe.

La vida transcurría plácidamente cuando comenzó la Gran Catástrofe.

Aquel año no llovía.

La pradera, siempre verde y fresca, estaba de un mustio color amarillo. Se secaban los riachuelos que otras veces, saltarines y límpidos, hielo líquido, la regaban. Los peces morían asfixiados. Se secaba el maíz, se secaban las patatas y los tomates. Los largos regadíos construidos con tantos trabajos estaban secos y ardientes. Los caballos vagaban sin dirección por todas partes con las lenguas fuera y con los ojos febriles.

En vano los torturados pies de los danzarines saltaban al ritmo del baile de la lluvia. En vano por la noche cantaba toda la tribu pidiéndole al sol que al día siguiente se ocultara tras las nubes cargadas de la lluvia salvadora. El cielo, de fuego, como la bóveda de un horno, amanecía siempre sin una nube.

Ese año no hubo cosechas; el hambre, hambre terrible como la peor de las enfermedades, se había apoderado de la noble tribu de los indios chirovas. Los bisontes, enflaquecidos y debilitados, rondaban por el poblado y dormitaban a las puertas de los *wigwams* hermanados con los hombres en el mismo sufrimiento.

Los niños chirovas compartían con los bisontes la escasa leche de las bisontes hembras.

Un día de implacable sol, a media tarde, Igampuy-Mensajero Veloz entró en el *wigwam* de O-kie-pá-Ojos de Fuego.

—Vienen hombres —dijo jadeando—. Rostros Pálidos. Dos. Vienen aquí.

—¿Con armas? —preguntó el Gran Jefe.

—No —dijo Mensajero Veloz—, no llevan armas. Llevan bandera blanca.

—Que los traigan aquí.

Y así, poco después, entraron en el *wigwam* del Gran Jefe dos hombres blancos acompañados de varios chirovas, con Igampuy al lado. O-kie-pá levantó la mano derecha con la palma hacia fuera en señal de paz y les indicó con un gesto de la cabeza que se sentaran. Después, uno de los blancos habló:

—Sabemos que tu pueblo tiene hambre. Sabemos que no tenéis comida, que no habéis recogido ninguna cosecha, que ya no podéis aguantar más.

Al oír estas palabras, los ojos de O-kie-pá se ensombrecieron, pero nadie hubiera podido decir qué pensamientos cruzaban su mente.

El hombre siguió:

—Nosotros os salvaremos; os traeremos comida y bebida abundante, toda la que necesitéis hasta que llueva de nuevo y tu tribu sea rica, como era antes. Nosotros sabemos que erais ricos.

Como el hombre callara, O-kie-pá preguntó:

—Y ¿qué queréis a cambio? Nosotros también sabemos cosas vuestras. Sabemos que no dais nada sin recibir. ¿Qué queréis si nos traéis alimentos?

—Queremos bisontes —dijo entonces el otro hombre blanco—. Vosotros sois cazadores de bisontes, queremos que los cacéis para nosotros.

—Mi tribu no caza —dijo O-kie-pá—. Ya no somos cazadores.

Los dos blancos se miraron el uno al otro.

—Entonces los cazaremos nosotros, traeremos hombres —volvió a hablar el primer hombre blanco.

—No en mis tierras —contestó O-kie-pá—. Estas tierras son mías y tu Gran Jefe Blanco lo sabe y las respeta.

—Pero todos los bisontes están ahora en tus tierras. Antes también los había fuera de aquí, pero hace tiempo comenzaron a desaparecer y no queda ni uno. Nosotros sabemos que se han refugiado aquí.

—Es porque ya no los cazamos; ellos saben que donde están los chirovas pueden vivir en paz.

—Los bisontes son nuestro negocio —dijo entonces el segundo hombre blanco—. Mucho dinero. Tus hombres pueden hacer que varias manadas salgan de vuestras tierras si no queréis que los cacemos en ellas. Vosotros podéis hacerlo; cuando erais cazadores atraíais al bisonte al sitio que os convenía. Ahora sólo se trata de echarlos de aquí. Hemos visto bisontes en tu poblado; esto quiere decir que confían en vososotros. Os sería muy fácil conseguir lo que pedimos.

—Y luego, comida —habló el otro blanco.

O-kie-pá callaba. Pensaba en la lluvia que no había caído aquel año.

El hombre blanco volvió a decir:

—Tu gente tiene hambre, no tenéis comida. Nosotros tenemos mucha. Alimentos, bebida...

O-kie-pá se puso en pie.

—Venid mañana —dijo.

Cuando el *wigwam* se quedó vacío, Igampuy salió de entre las esteras que colgaban hasta el suelo y se acercó al Gran Jefe. Sin levantar la cabeza y en voz muy baja preguntó:

—¿Vas a entregar los bisontes? ¿Vas a echarlos de nuestras tierras?

Nadie sabe lo que le contestó el Gran Jefe,

pero un poco más tarde, Igampuy-Mensajero Veloz corría hacia la pradera.

Al día siguiente O-kie-pá recibió a los extranjeros en la gran plaza del poblado. A una señal suya se sentaron todos en el suelo, formando círculo. Allí estaba toda la tribu: hombres, mujeres y niños, todos en silencio. Los hombres llevaban sus tocados de plumas. El Gran Jefe tenía delante, en el suelo, una bandeja de oro, muy pulida, en la que se reflejaba el sol despidiendo rayos brillantísimos.

—¿Cuál es tu respuesta? —preguntó uno de los hombres blancos—. Ya sabes: te daremos alimentos para tu tribu; queremos bisontes a cambio.

O-kie-pá no habló. Hizo una seña y se acercó por detrás Igampuy con una caja de madera en las manos. El Gran Jefe levantó la tapa, sacó una pesada joya de oro preciosamente labrada y poniéndola sobre la bandeja la ofreció a los extranjeros. Los dos hombres blancos no supieron al principio qué contestar. Después, uno de ellos pareció comprender, rió y dijo moviendo la cabeza a un lado y a otro:

—No, no queremos oro ni joyas. Bisontes, queremos bisontes.

El Gran Jefe dejó a un lado la joya y sacó de la caja de Igampuy una hermosa piedra

de color verde que a la luz del sol lanzaba destellos cegadores. También sin hablar la puso sobre la bandeja y volvió a tenderla a los extranjeros. En la tribu el silencio se hizo más denso, más pesado.

—No —dijo de nuevo el hombre blanco—; no queremos tampoco esmeraldas ni otras piedras valiosas. Bisontes, bisontes, si queréis comida.

O-kie-pá dejó la piedra y sacó de la caja una tela de algodón tejida a mano por las mujeres chirovas con alegres y vistosos colores.

—Bisontes —dijo el hombre blanco.

Entonces en los ojos de O-kie-pá volvió a aparecer la mirada de fuego, la llamarada que llenaba de pavor a cuantos la veían. Con gesto muy lento apartó la tela y llevó la mano a la caja.

Todos los ojos estaban fijos en él. El silencio era tan completo que parecía haber cesado la marcha del mundo entero.

De la caja, O-kie-pá-Ojos de Fuego cogió la gran hacha de guerra de los jefes chirovas, que Igampuy había sacado por la noche del lugar donde había sido enterrada sola, separada de las demás armas. Alzó el brazo sosteniéndola, muy derecha, en lo alto.

Los dos hombres blancos palidecieron y se pusieron en pie de un salto.

—¡No queremos guerra con vosotros! —chillaron asustados—. ¡Sólo queríamos bisontes! ¡Queríamos daros de comer! ¡Podéis moriros de hambre! —gritaban mientras se alejaban a toda prisa del poblado—. ¡Os moriréis de hambre!

Cuando los perdieron de vista, O-kie-pá devolvió el hacha a Igampuy.

Los chirovas se fueron dispersando, silenciosos; las mujeres recogían leche de las bisontes hembras, para dar a los niños pequeños.

El Gran Jefe se dio la vuelta para marcharse a su *wigwam* y entonces vio a lo lejos, en el horizonte, unas pequeñas nubes redondas. Seguramente nadie más las veía. Estaban aún muy lejos y eran muy pequeñas. Sólo unos ojos como los suyos podían distinguirlas. El viejo O-kie-pá sabía lo que esas nubes significaban, sabía que eran la salvación de todos los suyos. Sabía que con ellas terminaría la sequía, que volvería a haber cosechas, que la pradera sería de nuevo verde, que renacerían los riachuelos y que habría otra vez peces en ellos. Sabía que los hermosos caballos galoparían de nuevo sobre la fresca hierba, que los ardientes días de sufrimiento estaban próximos a terminar.

Una inmensa alegría nació en el corazón

del Gran Jefe Ojos de Fuego. Pero se alegró sobre todo de no haber visto esas nubes antes. Se alegró de que antes de verlas, antes de saber que existían, había preferido salvar a los bisontes.

ÍNDICE

El Libro de Bolsillo para jóvenes lectores

1 CANCIONES Y POEMAS PARA NIÑOS, Federico García Lorca
2 DONDE DUERME EL AGUA, Ángela C. Ionescu
3 CON PLUMA Y PINCEL, José Luis Velasco
4 LEYENDAS DE CATALUÑA, Anónimo
5 MADRE NIEVE, Hermanos Grimm
6 JUEGOS PARA VIAJES, Deborah Manley y Peta Rée
7 UN ROSTRO TRAS LA VENTANA, Wolfgang Ecke
8 MIS ABUELOS LOS INDIOS PIELES ROJAS, William Camus
9 LO QUE EL VIENTO CUENTA DE VALDEMAR DAAE, H. C. Andersen
10 AVENTURAS EN EL BAÚL DE LOS JUGUETES, Janosch
11 LEYENDAS DE ANDALUCÍA, Anónimo
12 LA MÁQUINA ANALÍTICA, Jeremy Bernstein
13 REVENTONES Y ALAMBRETES, André Maurois
14 DOCE CUENTOS DE CERDEÑA, Grazia Deledda
15 EL TALLER DE LOS EXPERIMENTOS, Varios
16 JUEGOS VISUALES, Karl H. Paraquin
17 ESCENARIOS FANTÁSTICOS, Joan Manuel Gisbert
18 HISTORIA DE MI INFANCIA, León Tolstoi
19 ¡AIRE, QUE ME LLEVA EL AIRE!, Rafael Alberti
20 EN EL FONDO DE LA CAVERNA, Ángela C. Ionescu
21 CUENTOS POPULARES ESPAÑOLES, Anónimo
22 DIOSES Y HÉROES GRIEGOS, Blas Carmona
23 YO VOY SOÑANDO CAMINOS, Antonio Machado
24 CONSTRUYAMOS UN MOTOR, Ramón Gonzalo Fernández
25 EXPERIMENTOS ELÉCTRICOS, Rudolf F. Graf
26 ARRIBA, EN EL MONTE, Ángela C. Ionescu
27 LA VISITA DEL ENANO EXTRATERRESTRE, Eduardo Quiles
28 EL EXTRAÑO ADIÓS DE ODIEL MUNRO, Joan Manuel Gisbert
29 LA REBELIÓN DE LOS ESPEJOS, Stella Maris Moragues
30 EL PUCHERO DE ORO, Ernst T. A. Hoffmann
31 EL CASTILLO DE LOS MONOS ROJOS, Wolfgang Ecke
32 EL REY DE LOS LADRONES, Hermanos Grimm
33 ES LA PURA VERDAD, H. C. Andersen

34 CUENTOS Y LEYENDAS DEL JAPÓN, Amparo Takahashi
35 HAGAMOS CERÁMICA, María Dolores Giral
36 LA NOCHE DEL VIAJERO ERRANTE, Joan Manuel Gisbert
37 CUENTOS CON CUENTAS, Miguel de Guzmán
38 LEYENDAS DE GALICIA Y ASTURIAS, Anónimo
39 LEYENDAS DE CASTILLA, Anónimo
40 SE FUE POR EL PUENTE, Ángela C. Ionescu
41 PALOALTO Y LOS HOMBRES EXTRAORDINARIOS, Jesús Ballaz Zabalza
42 LOS ESPINGORCIOS, Miguel de Guzmán
43 LEYENDAS DEL PAÍS VASCO Y NAVARRA, Anónimo
44 CONTRA LA MUERTE NEGRA. EPIDEMIAS Y VACUNAS, Agustín Albarracín
45 LA SONÁMBULA EN LA CIUDAD-LABERINTO, Joan Manuel Gisbert
46 AVENTURAS CON ANIMALES PEQUEÑOS, Owen Bishop
47 EL ARTE DE HACER COMETAS DE PAPEL, Salvador Montserrat
48 MAGIA MATEMÁTICA, Isidoro Lander
49 DE UN PAÍS LEJANO, Ángela C. Ionescu